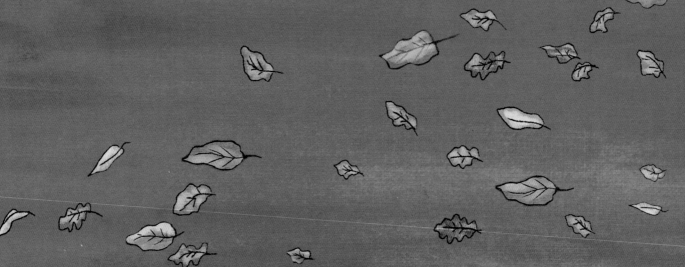

Duerme,
niño,
duerme

A mi madre, inspiradora de paisajes azules.
J. M.

Edición a cargo de Verónica Uribe
Dirección de arte: Iván Larraguibel
Diseño: Verónica Vélez

Primera edición, 2014

© 2013 Laura Herrera, texto
© 2013 July Macuada, ilustraciones
© 2013 Ediciones Ekaré Sur
© 2014 Ediciones Ekaré (para esta edición)

Av. Luis Roche, Edif. Banco del Libro, Altamira Sur. Caracas
1060, Venezuela

C/ Sant Agustí 6, bajos. 08012 Barcelona, España

www.ekare.com

ISBN: 978-84-941716-8-0
Depósito Legal: B. 26325-2013

Impreso en China por South China Printing Co. Ltd.

Duerme, niño, duerme

Laura Herrera

Ilustraciones de July Macuada

Ediciones Ekaré

Duerme, niño, duerme.
No llores en la noche oscura.

Ahí viene tu hermana con cinco velones
alumbrando el cielo y sus nubarrones.

¿Y si los velones se apagan?

Si los velones se apagan...
viene tu padre por el jardín
con sus canciones y su violín.

¿Y si el violín no suena?

Si el violín no suena…
viene la abuela por el sendero
con cinco loros y tres jilgueros.

¿Y si los jilgueros
no quieren cantar?

Si los jilgueros no quieren cantar...
viene tu tía, viene del sur;
trae una manta negra y azul.

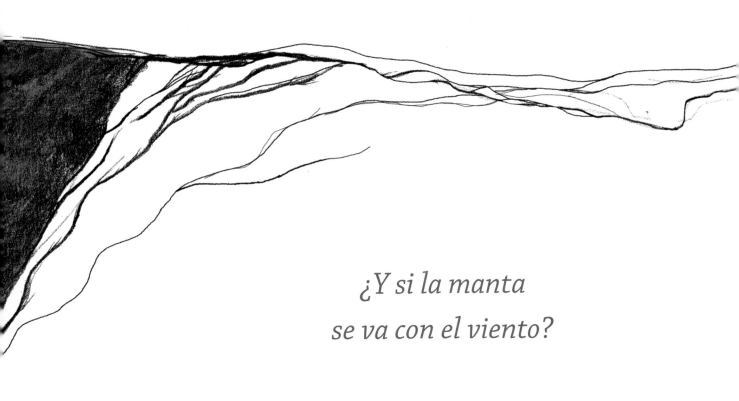

¿Y si la manta
se va con el viento?

Si la manta se va con el viento...
viene el abuelo paso a pasito,
con leche fresca y un farolito.

¿Y si la leche se derrama?

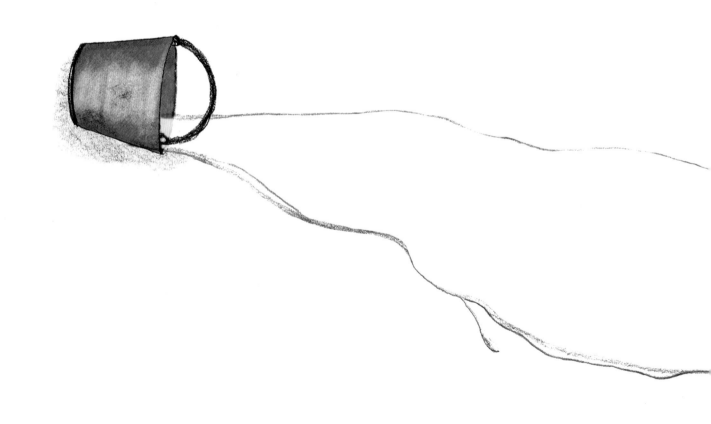

Si la leche se derrama…
¡Ay, tuntún turumbé!
No preguntes tanto, José.

Aquí tienes tu taza de leche tibia, tu manta de lana fina;
tus pájaros de colores, el violín con sus canciones.
Y también cinco velones alumbrando los rincones.

Duerme, mi niño, duerme,
que mientras afuera sopla el viento,
yo te leeré este cuento.

Como todos los cuentos para ir a dormir, **Duerme, niño, duerme** intenta dar tranquilidad a un niño que se inquieta por el término del día y la llegada de la noche.

Laura Herrera dice que para este texto se inspiró en la muy conocida canción de cuna inglesa *Hush, baby, hush*. Pero quiso situar su historia en el sur de Chile y dar a la lectura un valor especial de sosiego y cariño.

July Macuada viajó a Chiloé y Valdivia para recoger en sus imágenes el hermoso paisaje de esa zona de bosques, fiordos y lagos. July ha ilustrado para revistas, periódicos y antologías. Este es su primer libro para niños.